Das Buch

Eines Herbsttages wird der schmerzmittelabhängi-
ge Albert Kreuz, Hauptkommissar der Kantonspolizei Baden, zum Gymnasium Baden gerufen, um
den Tatort einer ermordeten Schülerin zu sichten.

Manche Spur treibt Kreuz in eine Sackgasse und
stellt seine Geduld auf die Probe. Dennoch hält ihn
nichts davon ab, den Täter dieser abscheulichen Tat
zu finden - nicht einmal, als ihm der Fall entzogen
wurde und er auf eigene Faust weiter ermitteln
musste.

Der Autor

Erwin Dütsch, geboren am 05. Februar 1993 in
Cork, Irland. Wohnhaft in Baden, Schweiz. Zum
Zeitpunkt dieser Buchausgabe war er in der zwei-
ten Klasse des Wirtschaftsgymnasiums.

Um seine Fähigkeiten im Schreiben weiter auszu-
bauen, hat er das Freifach "Literarisches Schreiben" belegt. "Schliessfach 161" ist sein zweites
veröffentlichtes Buch.

ERWIN DÜTSCH

SCHLIESSFACH 161

Kriminalroman

BOOKS ON DEMAND VERLAG
NORDERSTEDT

Schliessfach 161
Originaltitel „Mann in Schwarz"

2. Auflage

Copyright © 2011 Erwin Dütsch
Herstellung und Verlag: Books on Demand GmbH,
Norderstedt (D)
Printed in Germany

Titelbild „Schliessfach"
Fotograf: A. Dengs

ISBN: 978-3-842-32603-3

www.erwinduetsch.com

Obwohl das Gymnasium Baden ganz und gar real ist, existiert diese Geschichte nur in der Fantasie des Autors. Jede Ähnlichkeit zwischen den Menschen die dort arbeiten und zur Schule gehen, und den Menschen in der wirklichen Welt, ist zufällig und unbeabsichtigt.

1

«Ich vertraue meinem Computer!», sagte Marco seinem Partner, den er für die Präsentation zugeteilt bekam. Er strich mit seinen knochigen Fingern über sein Laptop und vergass für einen Moment, dass er eigentlich schon spät dran war, um in sein Freifach Spanisch zu kommen. Er packte das Notebook ein und verliess die Mediothek im ersten Stock des sechsten Gebäudes. Im Treppenhaus war bereits kein einziger Mensch mehr zu hören. Er begann etwas schneller zu laufen und verliess das Gebäude durch den Seitenausgang. Er atmete die frische Luft ein und merkte, wie es langsam wieder kühler wurde. Seine schwarze Leder-Umhängetasche baumelte an seinem rechten Bein, als er versuchte die schwere Türe aufzumachen. Es klingelte. «Verdammt nochmals!», murmelte er vor sich hin, als er sah, wie sein Spanischlehrer gerade den Lift betreten hatte. Er rannte die Treppe in den dritten Stock hoch und konnte gerade noch die Türe aufhalten, bevor sie mit einem lauten Schlag zugeknallt wäre. Alle schauten ihn an. Ein paar Witzbolde schrieen «zu spät!», was Marco ein wenig wütend machte. «Buenos Dias!», gab sein schwarzhaariger Spanisch-Lehrer, Herr Stein, von sich. «Wo warst du so lange, Marco?», fragte ihn Alexandra, seine Schulkollegin. - «Ich musste noch mit Joel am Vortrag arbeiten und habe die Zeit vergessen...».

Die Stunde verging im Nu und er lernte wieder ein paar neue Wörter dazu. Er hat noch mit Lisa, ebenfalls eine gute Kollegin von ihm, und Alexandra über die Matheprüfung gesprochen. Sie waren sich alle einig, dass Frau Müller ihre Ex viel zu streng benotet hat.

Sie war als strengste Lehrerin der Schule bekannt und pflegte ein freundschaftliches Verhältnis mit dem Schuldirektor, was viele Schüler davor zurückschreckte, wegen einer Prüfung zu motzen. Er lief mit den beiden die Linoleum-Treppe herunter und überlegte, in welchem Zimmer sie nun Unterricht haben werden. «Och nein - Biologie...», stöhnte Lisa und schwang ihr Haar elegant nach hinten. Sie betraten den Schulhof und schlenderten in Richtung Gebäude Nummer sieben. Es war bereits am Dämmern.

Er sah sein Spiegelbild im Sekretariatstrakt - Sein schwarzer, langer Mantel sah trendy aus; seine blonden, mittellangen Haare waren auf eine Seite geschwungen. Die grünen Augen leuchteten wie Scheinwerfer zurück.

Ein kalter Windstoss liess ein paar Laubblätter aufwirbeln. Sie gingen die kleine Steigung hoch zur Tür, wo auch schon andere ihrer Klasse standen. Genüsslich rauchten sie ihre Camel, Chesterfield, Phillip Morris und andere, um dem Schulstress eine Minute zu entfliehen. Marco rauchte nicht; was aber nicht hiess, dass er jeden Raucher verurteilte. Die Biologielehrerin hastete zwischen ihnen durch und stolzierte mit ihren altmodischen Schuhen durch den Eingangsbereich in die untere Etage. Nach einer tiefgründigen Unterhaltung über das Mensaessen gingen sie gemeinsam ins Klassenzimmer. Er konnte es kaum erwarten endlich nach Hause zu gehen und sich auf sein Bett zu werfen.

Es hat geklingelt und der Unterricht begann. In Marcos Reihe sassen Andreas, Remo, Alexandra und Lisa - seine Kollegen konnte man an einer

Hand abzählen. Ihre Biologielehrerin versuchte ihnen die Zellteilung mit Humor rüberzubringen; jedoch hatte Marco in der letzten Schulstunde überhaupt keine Lust mehr an irgendwelche Zellkerne zu denken.

Nach vierzig Minuten, die ihm wie vierzig Stunden vorkamen, klingelte es endlich. Die, die mit dem Bus nach Hause fahren mussten, eilten aus dem Klassenzimmer, als gäbe es kein Morgen mehr. Er hätte eigentlich auch mitgehen sollen um den früheren Zug zu erwischen. Er liess sich jedoch nicht von einem Busfahrplan zum Hasten bringen. Als Klassensprecher hatte er sowieso noch die Aufgabe das Klassenfach zu leeren; also verabschiedete er sich von seinen Kollegen und lief ins Sekretariatsgebäude, welches in der Dunkelheit wie eine helles Rechteck leuchtete. Er lief den Korridor entlang, in welchem die Büros der Prorektoren und Sitzungszimmer waren; seine Schuhe hallten durch den Gang. Er hörte, wie jemand in der unteren Etage bei den Schliessfächern redete. Es war ein Mädchen - eine liebliche Stimme hatte sie. Das Klassenfach war leer. Er wollte gerade die Türe öffnen, als er einen dumpfen Schlag von unten hörte. Er dachte sich, es sei ein Türchen eines Schliessfaches gewesen und kümmerte sich nicht weiter darum. Im Spiegelbild der Glastüre, auf der anderen Seite des Gebäudes, sah er eine Gestalt in Richtung Gebäude eins verschwinden.

Der Bus auf dem Weg zum Bahnhof Baden war gut ausgelastet. An der Haltestelle „Bahnhof West" stieg er aus und lief durch die Unterführung zu Bahnsteig 4, wo sein Zug gerade einfuhr.
Er legte seine Umhängetasche auf den Sitz neben sich und wartete auf die Abfahrt. Er schaute durch das Fenster in Richtung Bahnhofsgebäude; Frauen in ihren eleganten Hosenanzügen, Männer in ihren langen Mänteln und Aktentaschen, Schüler der Berufsschule Baden und Kinder, die offensichtlich auf einer Schulreise waren.

Der Zug begann zu rollen. Nach nur drei Stationen fuhr der Zug in den Bahnhof ein, in dem er aussteigen musste. Er stand auf, knüpfte seinen Mantel zu und als er seine Tasche fassen wollte, konnte er gerade noch das blaue Bahnhofsschild erkennen, auf dem „Döttingen" stand. Eine ältere Frau vor ihm öffnete die Waggontüre und verliess den Zug mit ihm.

Zu seinem Haus war es nicht weit; lediglich die Strasse überqueren. Er öffnete das Gartentor und schritt durch den grossen Torbogen auf das Grundstück. Kein Licht erleuchtete das Haus von innen. Es war stockdunkel.

Seine Eltern waren beide als Anwälte tätig und auf Geschäftsreise; und auch die Haushälterin arbeitete an diesem Abend nicht. «Wieder mal alleine zu Hause», dachte er sich.

Im Inneren des Hauses war es angenehm warm. Den Mantel und die Tasche legte er an der Garderobe ab und zielte direkt in Richtung Küche; «Ich bin am Verhungern!», dachte er und öffnete den Kühlschrank, der randvoll mit Süssem war. Er konnte sich nicht zwischen den American Cookies und den Milchschnitten entscheiden. Nach kurzer Bedenkzeit hat er beides genommen. Mit dem Essen in den Händen sass er auf dem schwarzen Sofa und schaltete den Fernseher ein. Normalerweise lief um diese Zeit seine Lieblingssendung, doch es war anscheinend wieder mal ein Tag, an dem auf verschiedenen Sendern das gleiche Skirennen ausgestrahlt wurde. Das ärgerte ihn so sehr, dass er den Fernseher gleich wieder aus machte. Die Milchschnitte und die Hälfte der Cookie-Schachtel waren schnell weg. Er hat sich auf dem Sofa breit gemacht und schloss die Augen. Bald schlief er ein.

Draussen tobte ein heftiger Sturm. Der Wind blies so stark, dass sich die Gartenmöbel auf der Terrasse verschoben. Zahlreiche Äste und anderes Gestrüpp wurde in den Garten geblasen.

Um zwei Uhr morgens wachte er durch das Schlagen der Wanduhr wieder auf. Mit Mühe öffnete er seine Augen und schaute desorientiert in Richtung Badezimmer. Er schleppte sich zur Treppe und wollte ins obere Stockwerk, wo sich sein Zimmer befand. Er ging den mit rotem Teppich ausgelegten Korridor am Schlafzimmer seiner Eltern vorbei und erreichte schliesslich am Ende sein Zimmer. Er schlurfte durch die grosse Türe und ging, ohne das Licht einzuschalten, zu seinem Schrank, wo er sich auszog und anschliessend ins nebenstehende Bett fiel.

«Es ist sieben Uhr. Einen wunderschönen guten Morgen und herzlich Willkommen zu den Nachrichten.», dröhnte es aus dem Radiowecker, der neben dem Bett auf dem schwarzen Nachttischchen stand. Marco drehte sich nochmals und versuchte wieder einzuschlafen. Er dachte aber an die Schule und stand dann doch auf; er war schon spät dran. Kaum geduscht und angezogen, schnappte er seine Tasche und stieg aufs Fahrrad. Er strampelte zum Gartentor und danach zum Bahnhof. In dem Moment, als er das Fahrrad abschliessen wollte, fuhr sein Zug ein.

Marco rannte auf den Bahnsteig und stieg in den überfüllten Zug; konnte jedoch noch einen Sitzplatz neben einem älteren Herren finden. Während der kurzen Reise nach Baden dachte er über die Schule nach. «Ich hab schon wieder die Mathematik Hausaufgaben vergessen!», dachte er. - «Das darf doch nicht wahr sein. Ich habe erst letzte Woche eine Standpauke meiner Mathelehrerin bekommen.»

«Nächster Halt, Turgi», sagte die unpersönliche, kalte Computerstimme des Zuges. Hier stieg normalerweise Sven ein. Doch heute war er nicht am

Bahnsteig zu sehen. - «Vielleicht hat er verschlafen.» Es kümmerte Marco nicht länger. In Baden stieg er aus und während er in der Unterführung an der Bäckerei entlang lief, überlegte er sich, noch ein Brötchen zu kaufen; doch er entschied sich für einen Balistoriegel in der Schulcafeteria. Nachdem er die Wendeltreppe hochstieg, die zum Busbahnhof „Ost" führte, sah er, wie Alexandra in den Bus mit der Nummer 6 stieg. Er rannte ihr nach und konnte gerade noch, bevor die Türe schloss, in den Bus springen. «Hi! Na, hast du für die Geografieprüfung gelernt?», fragte sie von weiter hinten im Bus. «Ja klar. Was denkst du, mit wem du redest?», sagte er angeberisch, während er sich neben sie setzte. Der Busfahrer startete den Motor und fuhr los. «Wo warst du gestern noch? Ich habe dich nicht im Bus gesehen...» - «Ich war noch beim Klassenfach, dann bin ich erst zur Bushaltestelle gelaufen.»

Der Bus fuhr durch die Weite Gasse, am neuen Sandwich-Restaurant vorbei und überquerte die grosse Kreuzung. Er beschleunigte und fuhr über die Hochbrücke, die eine Art Wahrzeichen von Baden darstellt. Der freundliche Gong, der das Haltesignal des Busses darstellen sollte, ertönte; alle Gymischüler standen auf und warteten bis der Busfahrer die Türen öffnete. Alexandra und Marco stiegen aus und liefen den schmalen Weg zum Pausenareal entlang. Er begann mit Alexandra über die Klimaerwärmung, das Thema, welches an diesem Tag geprüft wurde, zu sprechen und wollte rausfinden, wie lange sie etwa gelernt hatte. - Sie wusste alles besser als er.

Sie liefen den anderen Schülern nach, bis sie schliesslich eine aufgebrachte Menge vor sich sahen.

2

Es was drei Uhr morgens und Albert Kreuz hatte überhaupt keine Lust, nun aufs Revier zu fahren, um irgendwelche Schreibarbeit zu erledigen. Er stand vom Ehebett auf und versuchte so leise wie möglich zu sein. Er deckte seine Frau mit der überschüssigen Satindecke zu und lief mit knacksenden Beinen davon. Im Badezimmer schaltete er das Licht an und öffnete das kleine Schränkchen, das über dem Waschbecken hing. Daraus nahm er eine Dafalgan und schluckte sie ohne Wasser hinunter.

Als er sich fertig angezogen hatte, schaute er noch bei Lisa im Zimmer vorbei; denn sie ist viel, auch unter der Woche, im Ausgang ohne es ihren Eltern zu sagen - doch sie war da.

Er stieg in den alten Fiat, liess den Motor aufheulen und zündete eine Zigarette an, als er auf die Autobahn kam. In Baden West fuhr er schliesslich wieder ab und steuerte in Richtung des Badener Polizeireviers, das sich an der grossen Lindenkreuzung, unweit des Bahnhofs, befand. Mit einer viel zu hohen Geschwindigkeit fuhr er auf den

Parkplatz und würgte den Motor ab. Ein Blick auf die Uhr - gerade noch rechtzeitig. Er meldete sich an und stieg die alte Holztreppe ins erste Geschoss hinauf, in dem sein Büro war. Es war kein Manager-Büro; doch war es zweckmässig mit einem Schreibtisch und Bücherregalen eingerichtet. Auf das messingfarbene Namensschild, das mit „Albert Kreuz - Hauptkommissar" beschriftet war, war er besonders stolz. Zwei alte Stühle aus einem Brockenhaus standen vor seinem Tisch; schon viele Jugendliche und Raufbolde musste er wegen irgendwelchen Lappalien vernehmen und Aussagen protokollieren.

Er setzte sich auf seinen Bürostuhl, rollte damit zum Fenster und öffnete die Lamellen. Es war noch finster. Von weitem konnte man einen Güterzug fahren hören. Er nahm einen Stapel Akten aus seinem Fach und fing an, sie in seinem Hängeregister einzuordnen.

Es war bereits halb sieben, als ein Anruf der Zentrale hereinkam. Er nahm den Hörer ab: «Kriminalkommissariat, Kreuz am Apparat.» - «Hallo Albert, Hans hier; ein neuer Fall! Eine Putzfrau hat im Gymnasium Baden eine Leiche gefunden. Du solltest es dir mal anschauen. Dein Team ist schon dort.» Kreuz bedankte und verabschiedete sich. «Endlich mal ein wenig Action!» Er nahm seine Jacke und lief den Korridor entlang, zurück zur alten Holztreppe. Inzwischen waren auch andere gekommen.

Kreuz fuhr auf den Schulparkplatz und wurde bereits von seinem Team erwartet. Es war noch leicht neblig. «Na du alter Fettsack!», wurde er von seinen Kollegen begrüsst. «Ja ja ja... Bring mich lieber zur Leiche!», gab Kreuz mit einem Lächeln zur Antwort. Sie liefen zu viert auf dem langen, schmalen Weg an der Fussballwiese und dem Basketballplatz entlang und waren schliesslich zwischen Gebäude sechs, dem Mensa- und Sprachgebäude, und Gebäude sieben, in dem sich Zimmer mit naturwissenschaftlichen Einrichtungen befanden. An der Ecke des Gebäude sechs bogen sie links ab und bückten sich unter der Polizeiabsperrung hindurch. Sie standen nun vor dem Sekretariatstrakt. Viele Angestellte, unter anderem der Schuldirektor, verschiedene Prorektoren und Lehrer standen vor den Absperrungen und wollten mehr erfahren über das Geschehen. Kreuz öffnete die Türe, als gerade vom Inneren ein weiss-gekleideter Pathologe der Rechtsmedizin mit silberfarbenem Koffer das Gebäude verlassen wollte. Es handelte sich hierbei um einen alten Schulkollegen von Kreuz - Dr. Fabian Schmid. «Fabian, was haben wir?», fragte Albert; er wirkte ungeduldig. «Ja Hallo erstmal! Komm, ich zeig es dir.» Die vier Kommissare folgten dem Pathologen ins Gebäude. Während dem Gehen fragte der Kollege Frunz: «Haben wir konkrete Spuren?» - «Nein, leider nicht. Wir konnten nichts finden.» Sie liefen eine kleine Treppe in das Untergeschoss zu den Schliessfächern hinunter. Da lag sie. - «Sie wurde mit einem stumpfen Gegenstand erschlagen, was zu einem Schädelbruch führte. Sie war sofort tot. Es muss ein gewaltiger Schlag gewesen sein.», fuhr Dr. Schmid fort. Kreuz betrachtete das Schliessfach und die Art, wie die Leiche dalag und fragte: «Ist sie bereits identifiziert worden?» - «Ja, Jenny Hofer hiess sie; wohnte im Villenviertel von Baden - auf der Baldegg. Sie war Schülerin der ersten Gymnasialklasse. Es muss zwischen 17 und 18 Uhr passiert sein.» Er zeigte auf die Blutspritzer am Schliessfachtürchen und schliesslich auf den Hinterkopf von Jenny. «Und die Spurensicherung hat wirklich gar nichts gefunden?», fragte Kollege Frunz. -«Nein - Keine Spuren.», versicherte Fabian. Kreuz verteilte die Aufgaben im Team: «Frunz, du gehst ins Sekretariat und lässt dir eine Liste der Schliessfächer und deren Inhabern dieses Gebäudes geben. Andreas, du wirst dir die Lehrer, die Jenny zuletzt unterrichtet haben, vornehmen. Die anderen gehen aufs Revier zurück und beginnen mit der Schreibarbeit. Sobald ein Anruf des Gerichtsmediziners eingeht, ruft ihr mich an; ich bin unterdessen bei der Familie der Verstorbenen.» Kreuz schaute alle an, nickte und lief in Richtung Ausgang; er hörte noch, wie seine Kollegen begannen über den Fall zu diskutieren. Als er aus dem Gebäude trat, waren hunderte Schüler hinter der Absperrung. Er blieb einen Moment stehen und suchte sich einen Ausweg. Man konnte seinen Atem in der Kälte sehen. Er atmete schwer von den paar Stufen. Gerade, als er sich nach rechts drehen wollte, sah er in der Menschenmenge seine Tochter Lisa mit Marco und Alexandra. Sie machte eine Bewegung mit ihrer Hand, dass er zu ihr kommen solle. Kreuz lief mit grossen Schritten auf die Schüler zu, sagte nichts, lief in Richtung des Parkplatzes und nahm dabei eine Dafalgan ein. Er wurde von allen Seiten angesprochen. Er sagte kein Wort, stieg in seinen Wagen und fuhr in Richtung Baden davon. Es drängte immer noch der dichte Morgenverkehr. Der Nebel hatte sich inzwischen ein wenig aufgelöst und es bestand die Hoffnung, einen einigermassen schönen Tag zu geben.

Er fuhr die steile Strasse zur Baldegg hoch und suchte die Nummer 12 der Römerstrasse. Sein alter Fiat dröhnte dabei so laut, dass er sogar im Wageninneren seine Ohren am liebsten zuhalten wollte. «Neun, elf, dreizehn - Mist; jetzt bin ich daran vorbeigefahren.», sagte er zu sich selbst. Er hielt den Wagen an und setzte zurück, bis er vor dem Haus der Hofers stand. Er zog die Handbremse an, öffnete die Türe und stieg mit einem Stöhnen aus. Nachdem er das schwarze, schwere Gartentor öffnete, lief er auf dem Kiesplatz zur Haustüre. «Ich bin zu alt dafür.» Er drückte den Knopf neben der Tür, auf der eine kleine Glocke abgebildet war. Nach einigen Sekunden regte sich die braune Holztüre. «Ja, wie kann ich Ihnen helfen?», sagte die gut aussehende Dame, die aufmachte. Kreuz betrachtete ihr Gesicht und konnte ein paar Ähnlichkeiten mit Jenny feststellen. Er ging davon aus, dass er mit der Mutter der Verstorbenen sprach. «Mein Name ist Albert Kreuz. Ich bin von der Kantonspolizei Baden.» Er hielt ihr seinen Ausweis hin. «Dürfte ich einen Moment reinkommen?» Sie schaute verblüfft und liess den alten Herren eintreten. Der Eingangsbereich war modern eingerichtet, mit einem runden, edlen Holztisch in der Mitte, auf dem frische Blumen standen. An den Wänden hingen Kopien berühmter Gemälden. Alles sah perfekt aus.

Frau Hofer führte den Kommissaren ins Raucherzimmer, in dem auch Herr Hofer zu finden war; der stand auf und begrüsste Kreuz mit einem festen Händedruck. Herr Hofer sah jung aus - sehr jung. Seine kurzen, schwarzen Haare und das dünne Gesicht erinnerte Kreuz an seinen Vater. Frau Hofer ahnte bereits, dass etwas passiert sein könnte, probierte jedoch nicht zu weinen. «Die Herrschaften Hofer», begann Kreuz «Es geht um Ihre Tochter Jenny. Ich muss Ihnen leider mitteilen, dass sie gestern Abend Opfer eines Gewaltverbrechens wurde.» Er wartete die Reaktion der beiden ab. Frau Hofer lief zum Fenster, das in Richtung ihres des wunderschönen Gartens zeigte. Zuerst war nichts zu hören, dann ein leises Wimmern. Kreuz überlegte, ob er seine Hand auf ihre Schulter legen sollte, doch Herr Hofer kam ihm zuvor. Sie standen nun beide vor dem grossen Fenster. Kreuz konnte auf dem Gesicht von Herrn Hofer eine Träne sehen. Die Sonne begann in das Haus zu scheinen, und man sah nur noch schwarze Gestalten, die vor dem grossen Panoramafenster standen - nur noch ihre Silhouetten. Herr Hofer nahm seine Frau an der Hand und flüsterte ihr was ins Ohr. Kreuz stand ein wenig beiseite, da ihn die Sonne zu grell ins Gesicht schien. Die beiden Hofers drehten sich langsam um und schauten Kreuz an. «Wer hat es getan?», kam von Herr Hofer. «Ich will wissen wer es getan hat!», sagte er energischer und mit einem wütenden Gesicht. «Schatz, bitte...», sagte seine Frau nur und legte ihren Kopf an seine Schulter. «Wir können leider noch keine Angaben machen. Die Ermittlungen sind jedoch am Laufen», sagte Kreuz und versuchte sie damit ein wenig zu beruhigen.

Eine kurze Zeit in Stille verging. Doch Kreuz brach dieses Schweigen taktlos: «Hier ist noch meine Karte.» Kreuz steckte seine Hand in die innere Jackentasche und suchte verzweifelt nach dem kleinen Etui, das seine Visitenkarten beinhaltete. Nach etlichen Versuchen hatte er es schliesslich auf der anderen Seite der Jacke gefunden. Er hielt ihnen das Stückchen Papier hin; doch sie rührten sich nicht. Er legte es kommentarlos auf die dunkelbraune Kommode, die an der Wand stand und in diesem Moment als einziges Möbelstück des Zimmers nicht von der Sonne beleuchtet wurde. Kreuz bewegte sich zum Eingang und wollte das Haus verlassen, als ein sanftes «Auf Wiedersehen», der Frau zu hören war. «Dem war nichts hinzuzufügen.», dachte Kreuz und verliess das grosse Haus der Hofers.

In der Zwischenzeit hatte sich Kollege Frunz beim Sekretariat über die Besitzer der Schliessfächer schlau gemacht und rief sogleich den Hauptkommissar an. Kreuz wollte gerade den Schlüssel in der Zündung umdrehen, als sein Mobiltelefon mit einem altmodischen Klingelton zu klingeln begann. «Ja?» - «Du Albert, Raphael Frunz hier. Der eingetragene Halter des offenen Schliessfachs mit der Nummer 161 ist ein gewisser Sascha Siegrist. Im Schüler- und Lehrerverzeichnis ist jedoch niemand mit diesem Namen eingetragen. Was nun?» - «Ich bin in fünf Minuten auf dem Revier. Reservier schon mal den Besprechungsraum und ruf das Team zusammen. Ich bin gleich da.» Kreuz drückte den roten Knopf auf dem Mobiltelefon und beendete das Gespräch mit Raphael. Gleich startete er den Motor und fuhr los. Während er auf der Hauptstrasse unter der Ruine Stein fuhr, liess er sich nochmals alle Fakten des Falles durch den Kopf gehen. Der Stadtturm schlug 10.30 Uhr. Die Sonne schien nun über Baden; es wurde auch allmählich ein wenig wärmer. Kreuz bog in den Ka-Po-Parkplatz ein und sah seine Kollegen, wie sie draussen eine Zigarettenpause machten. Kreuz gesellte sich dazu. Er nahm eine Zigarette aus der silbernen Zigarettenschachtel, das ihm Lisa zum fünfzigsten Geburtstag geschenkt hatte, und begann mit seinen Kollegen über den Fall zu diskutieren. «Na, was hast du bei den Hofers rausgefunden?», fragte Raphael. «Nicht viel», entgegnete Kreuz «Sie haben mehr geweint als geredet. Was hast du im Sekretariat sonst noch rausgefunden?» - «Die Überwachungskameras, die überall aufgestellt sind, dienen nur zur Abschreckung - sie sind nicht echt. Somit haben wir immer noch keine Beweise.» - «Das ist natürlich dümmer», sagte Kreuz mit Kopfschütteln und drückte seine erst halbabgebrannte Zigarette im roten Aschenbecher aus. Sie folgten Kreuz ins Gebäude und redeten dabei noch weiter.

Im Besprechungszimmer begann Kreuz die Fakten des Falles auf dem Flip-Chart aufzuschreiben. Die Herren Kollegen sassen am alten Sitzungstisch und spielten mit den Bürostühlen. «Wir sollten dem Namen Sascha Sigrist nachgehen!», rief einer der Herren in die Runde. Kreuz dachte darüber nach. Sein Blick war emotionslos und starr.

Nach der kurzen Besprechung waren sich alle einig; sie mussten dem Namen „Sascha Sigrist" nachgehen und von der Klasse mehr über Jenny erfahren - dies war nun Raphaels Aufgabe. Kreuz lief in den Gemeinschaftsraum und wollte sich einen Kaffee holen - den ersten an diesem Tag. Als er die Maschine bediente, betrat die Frau Oberkommissarin den Raum. Er drehte sich nicht um und konnte dennoch erkennen, dass sie hinter ihm stand - ihre hochhackigen Schuhe sind auf dem ganzen Revier einzigartig. «Ja Yvonne?», sagte er und drehte sich langsam um. - «Wie läuft es im Fall Hofer?», fragte sie kurz. «Gut, gut», log Kreuz. «Irgendwelche Beweise?» Sie schaute direkt in seine Augen. «Nein, bis jetzt noch nicht. Wir warten noch den medizinischen Bericht ab.», bekam sie zur Antwort, und ebenso laut, wie sie erschienen war, verschwand sie wieder. Kreuz schaute ihr hinterher und merkte, dass sie heute mal ihr Haar mit einer goldenen Haarspange zusammengesteckt hat.

Kreuz ging in sein Büro und dachte übers Motiv nach. Er sass in seinem Büro mit geschlossener Türe und hörte der Wanduhr zu, wie sie tickte. Minuten vergingen, bis er aus seiner Trance erwachte, als das Telefon klingelte. «Ja?», sagte er müde. - «Hallo, hier ist Fabian. Also ich habe nicht viel Zeit, darum komm ich gleich zur Sache; die Todesursache ist klar, sie erlitt durch einen heftigen Schlag auf den Hinterkopf einen Schädelbruch. Wir konnten weder Hautschürfungen, Haare oder sonst irgendwelche Spuren einer anderen Person an ihr finden, obwohl wir sagen können, dass sie an ihrem Todestag noch Geschlechtsverkehr hatte.» Kreuz wirkte müde und gab hin und wieder ein zustimmendes Brummen von sich, was ein „ja" symbolisieren sollte.

Kreuz stand mit einer ruckartigen Bewegung auf, als es an seiner Tür klopfte; dabei stiess er seinen inzwischen kalten Kaffee über den Tisch und versaute ein paar Dokumente. Er fluchte dabei so laut, dass er durch die dünnen Wände seine Kollegen lachen hören konnte. Er lief zur Tür und öffnete sie mit einer schnellen Bewegung. «Ja?!», fragte er giftig. - «Was wollt ihr?» Es standen zwei Jungs vor seiner Tür, die mit Kreuz über den Fall Hofer diskutieren wollten. Sie sagten, sie hätten wichtige Informationen. Kreuz bat sie herein und zeigte mit seiner Hand auf die zwei Holzstühle. Die beiden Jungs setzten sich und Kreuz wischte den Kaffee auf seinem Tisch mit ein paar Taschentüchern auf. «Nun, was glaubt ihr wichtiges gesehen zu haben», begann Kreuz. «Na ja, wir haben bemerkt, dass Jenny sich an diesem Tag komisch verhalten hat», sagte der Junge mit der Baseballmütze auf dem

Kopf. «Hmm», gab Kreuz von sich. «Das ist interessant. Und weiter?» - «Nun ja, wir haben gehört wie sie in der grossen Pause am Nachmittag in der Jungentoilette...», die beiden gingen davon aus, Kreuz wisse, worum es geht - das tat er auch. Er notierte sich jedes einzelne Wort der beiden auf ein Blatt Papier und fragte, wer mit ihr in der Toilette war. Doch sie wussten es nicht. Nach dem Gespräch, das nicht mehr lange dauerte, nahm Kreuz noch ihre Personalien auf und verabschiedete sich schliesslich mit seinen Visitenkarten.

Kreuz entschied sich, Andreas ein wenig unter die Arme zu greifen mit der Lehrerbefragung. Er wollte sowieso noch einmal den Tatort und die Schule besichtigen.

3

Als er an der Schule ankam, war es totenstill. Er lief wieder an der Sportwiese vorbei, auf der gerade ein paar Schüler Speerwerfen übten. Er schaute ihnen zu und wäre beinahe über einen herausragenden Stein aus dem Boden gestolpert. Er betrat das Mensagebäude und schaute sich um. Ausser zwei Schülern, die offensichtlich Zwischenstunde haben mussten und einer Cafeteria-Angestellten, die gerade die Tische sauber machte war niemand da. Er ging weiter auf die Suche nach irgendeinem Lehrer. Dazu ging er, dem Hinweis einer Schülerin entsprechend, in den ersten Stock, in dem sich das Lehrerzimmer befand. Er klopfte laut an und wartete ab. Es passierte nichts. Er öffnete seine Jacke und nahm den Schal vom Hals. Erneut klopfte er - nichts. Er drehte sich um und machte sich auf die Suche nach seinem Kollegen Andreas. Der müsste bei Jennys Geografielehrer sein, da dies der letzte Lehrer war, den sie hatte. Er erkundigte sich bei einer Schülerin in der Mensa, wo sich die Geografiezimmer befanden. Kreuz machte sich auf den weg dorthin. Dazu musste er das Mensagebäude wieder verlassen.

Als er wieder draussen war, griff er zur Zigarettenschachtel in seiner Jackentasche und zündete sich eine Zigarette an. Er lehnte sich mit der Schulter an die Glasfront des Geografiegebäudes und bemerkte erst nachher, dass er direkt vor einem Klassenzimmer stand. Er drückte ganz diskret seine Zigarette aus und ging hinein. Er schaute sich um. An der Wand war eine grosse Abbildung von Albert Einsteins Abschlusszeugnis. Auf der linken Seite befand sich eine Art Labor; man konnte durch Fenster ins Innere des Zimmers schauen. Kreuz sah Mäuse, Schlangen und andere Tiere, die er nicht unbedingt mochte.

Er hörte Andreas im oberen Stockwerk, wie er mit einer männlichen Person über den Fall redete. Sie waren gut zu hören. Kreuz wollte sie ermahnen, dass man sie *zu* gut höre, als er plötzlich jemanden an der Ecke stehen sah, die den beiden von unten her zuhörte. In diesem Moment bemerkte dieser Jemand, wie Kreuz ihn sah und rannte sofort die Treppe ins Untergeschoss. Kreuz rief laut nach

Andreas und rannte der Person hinterher. Im Untergeschoss angekommen, konnte er nur noch hören, wie sie in Richtung der Übungszimmer rannte. Kreuz rannte keuchend hinterher und bekam Seitenstechen. Andreas war nun auf gleicher Höhe wie Kreuz. Sie blieben beide stehen, als sie an der Ecke zu den Übungszimmer standen. Niemand war mehr da. Doch es war eine Sackgasse ohne Ausgang. Kreuz und Andreas bewegten sich leise und öffneten jede Türe der zahlreichen Übungszimmer. Doch niemand war er mehr zu sehen. Kreuz dachte, er müsse einen anderen Weg genommen haben. Seine Ohren haben ihn anscheinend wieder einmal im Stich gelassen. «Verfluchter Mist!», brummte Kreuz im selben Moment als die Schulglocke ertönte. Sie gingen beide wieder, völlig ausser Atem, die Treppen ins Erdgeschoss hoch. Hunderte Schüler waren auf dem Pausenplatz zu sehen. «Das können wir gleich vergessen, den wieder zu finden!», sagte Andreas. «Hast du wenigstens sein Gesicht gesehen?» - «Nicht gut. Ich konnte nicht einmal das Geschlecht der Person erkennen. Doch denke ich an den langen, schwarzen Haaren an, dass es eine Frau war.»

Sie liefen beide zum Auto von Kreuz und stiegen ein. «Was als nächstes, Chef?» - «Wir müssen nochmals zu den Hofers und sie befragen. Du kommst am Besten gleich mit.»

4

Die beiden fuhren die Strasse zur Baldegg hoch. Sie hielten vor dem alten Haus der Hofers an und stiegen gleichzeitig aus. Sie liefen beide zu der Haustüre; Kreuz klopfte an. Wieder öffnete die Hausherrin die Tür. Sie hat, ohne einen Laut von sich zu geben, mit einer kurzen Armbewegung das Zeichen gegeben ins Haus einzutreten.

«Was wollen Sie denn nun schon wieder hier?!», Herr Hofer war sichtlich genervt. «Wir wollten sie noch ein paar Sachen fragen», kam ihnen Kreuz ruhig entgegen. «Darf ich Ihnen noch meinen Kollegen vorstellen? Dies ist Kommissar Andreas Schenker. Er wird mir in diesem Fall zur Seite stehen. - Herr Hofer: Wissen sie, wo sich ihre Tochter abends aufhielt, wenn sie in den Ausgang ging?» -

«Ja natürlich. Wir führen eine Familienagenda, in der immer einzutragen ist, wo man wie lange war. Und das funktioniert auch gut.» Herr Hofer wirkte immer noch gereizt und aggressiv. «Dürften wir diese Agenda mal sehen?», fragte Andreas, mit denselben Worten, wie Kreuz es gesagt hätte. Gerade als Herr Hofer antworten wollte, klingelte das Mobiltelefon von Kreuz. Er entschuldigte sich kurz und nahm das Gespräch entgegen. Dabei ging er unter dem grossen Torbogen zurück in den Eingangsbereich des Hauses, um in Ruhe telefonieren zu können. Es war Raphael mit Neuigkeiten über den FallSie war anscheinend viel mit einem Jungen unterwegs namens Sven. Er beendete das Gespräch. Kreuz bemerkte auf dem Sideboard ein Bild von Jenny und einem Jungen. Er sprach laut mit sich selber, um den anderen vorzutäuschen noch am Telefon zu sein. Dabei gewann er ein wenig Zeit, sich umzusehen. Er fotografierte das Foto mit seinem Handy. Er ging in die Küche, die gleich gegenüber dem Raucherzimmer war. Er sprach immer wieder ein paar Worte vor sich hin und hielt das Telefon an sein rechtes Ohr. Die Küche war gross und luxuriös eingerichtet, mit teuren Elektrogeräten. Die Theken waren in einem dunklen Braunton; die Elektrogeräte waren allesamt schwarz. Auf der Kücheninsel befand sich ein Buch mit einem schwarzen Ledereinband. «Das muss die Agenda sein», dachte sich Kreuz und sprach wieder ein paar Worte ins Nichts. Er öffnete das Buch - es handelte sich wirklich um die besagte Agenda. Er blätterte in die aktuelle Woche und suchte gezielt die Einträge von Jenny. Beim Überfliegen fiel ihm immer wieder der Name Sven auf. In der aktuellen Woche war bis auf die Lebensmitteleinkäufe nichts eingetragen. Plötzlich hörte er Schritte. Hastig schloss er das Buch und tat so, als würde er sich am Telefon verabschieden. Frau Hofer stand hinter ihm und bat ihn, wieder ins Raucherzimmer zurückzukehren, da er nichts in der Küche verloren habe. Kreuz entschuldigte sich und fragte Frau Hofer, ob Jenny einen Freund gehabt habe. «Natürlich. Meine Tochter war die hübscheste der ganzen Klasse», sagte sie stolz. - «Wie ist der Name dieses Jungen?» - «Sven Blatter. Ein äusserst hübscher und liebenswerter junger Mann. Sie waren perfekt füreinander geschaffen.» Frau Hofer hielt sich ihre Hand vor den Mund und begann wieder zu weinen. Sie entschuldigte sich und verliess das Zimmer durch eine Seitentüre, die in eine Art Studierzimmer führte. Kreuz schaute Andreas an und nickte, was das Zeichen für «verschwinden wir» war.

Die beiden verabschiedeten sich bei Herrn Hofer und verliessen das Haus. Als sie draussen waren, dämmerte es bereits. «Komische Familie», meinte Andreas, als sie durch das Gartentor liefen. «Allerdings. - Ich habe ein Foto von Jenny und einem Jungen gefunden und fotografiert. Als ich in der Küche war habe ich auch die schwarze Agenda gesehen und ein wenig drin herumgeblättert.», sagte Kreuz angeberisch. «Man hat übrigens gemerkt, dass du nicht richtig am Telefonieren warst! Du solltest Schauspielunterricht nehmen», konterte Andreas mit einem herzhaften Lachen. Kreuz zog nur eine Grimasse und stieg in seinen Wagen. Sie fuhren gemeinsam zum Revier zurück, wo sie sich verabschiedeten. Andreas stieg in sein Auto und fuhr nach Hause. Kreuz machte dasselbe und fuhr in Richtung Autobahn.

Als er zu Hause ankam, war es bereits Zeit für das Abendessen. Ihr Hund, ein Golden Retriever, war sichtlich aufgeregt, als Kreuz das Haus betrat. Er zog seine Jacke aus und kraulte den Hund hinter den Ohren. Albert begrüsste Lisa, danach ging er in die Küche und begrüsste seine Frau mit einem Kuss auf die Wange. Sie musste lachen, da seine Stoppeln sie kitzelten. Sie richtete das Essen an und alle am Tisch sprachen über den Mord an der Schule. «Hast du schon etwas Neues rausgefunden?», fragte Lisa gespannt. Eigentlich dürfte Kreuz kein Wort über laufende Ermittlungen ausplaudern, doch sie haben mal geschworen, dass Besprechungen über Ermittlungen am Esstisch das Haus auch nie verlassen würden. «Eine Verfolgungsjagd hatten wir heute noch im Geografiegebäude. - Ich bin zu alt und zu fett für solche Sachen», sagte er und alle lachten.

5

Als Kreuz am nächsten Morgen wieder aufwachte, hatte er unbeschreibliche Kopfschmerzen und wollte am liebsten noch ein paar Stunden im Bett verbringen. Mit Müh und Not zwang er sich aufzustehen und lief mit der rechten Hand am Kopf ins Badezimmer für den morgendlichen Dusch- und Rasierlauf - natürlich, wie immer, zu spät.

Sobald er die Tür seines Büros aufschloss und eintrat, sah er den Stapel neuer Dokumente auf seinem Schreibtisch liegen. Genervt drückte er den Fingernagel seines rechten Daumens in seinen Zeigefinger. Sein Kopf pochte und noch bevor er an seinem Schreibtisch ankam, hatte er eine Dafalgan genommen. Er hängte seine Jacke an den Ständer, der neben dem grossen Aktenschrank stand, und begann mit dem Eingeben und Überprüfen der Berichte.

Von Aussage zu Aussage, über Bestandsaufnahmen und Verhörberichte. Die Stunden vergingen wie im Flug.

Inzwischen war es zwölf Uhr und Zeit für eine Mittagspause. Doch als er aufstehen und in der kleinen Küche sein Birchermüsli holen wollte, fiel sein Blick auf den Bericht, welcher er geschrieben hatte. Es ging um die beiden Jungs, die Ihre Aussage gemacht hatten. Er las ihn noch einmal sorgfältig durch. Während dem Lesen sank seine Brille bis ans untere Ende seiner Nase, bis sie schliesslich drohte herunterzufallen. Es fiel ihm ein, dass man den Freund von Jenny, Sven Blatter, noch verhören musste. Er griff zum Hörer und wählte die interne Nummer von Raphael, als er plötzlich von einer Unruhe gestört wurde.

Draussen hörte man ein Feuerwehrauto mit Blaulicht, das durch die Strassen raste. Ein Kollege im Nachbarbüro hängte ein Bild an die Wand und begann mit dem Hammer einen Nagel in die Trennwand zu schlagen. Und in der Ferne hörte man die Kirchenglocken der Stadtkirche - es schien, als wollten sie nicht mehr aufhören zu läuten. Er legte den Hörer wieder auf die Gabel, griff mit zitternder Hand in die oberste Schublade des Korpus und suchte die Schachtel mit den Dafalgantabletten. -

Sie war leer. Völlig verwirrt stand er auf und lief mit wackligen Beinen zum kleinen Lavabo wo er sich kaltes Wasser ins Gesicht spritzte. Er begann leise vor sich hinzufluchen. Er spürte, wie sein Gesicht rot und heiss wurde. Immer schneller musste er atmen. Er stand in einer komischen Haltung neben dem Lavabo und hoffte, dass keiner seiner Kollegen ihn in dieser misslichen Lage antreffen würde. Plötzlich wurde alles schwarz. Bevor er zu Boden fiel, gab er ein lautes Stöhnen von sich. Doch niemand hörte ihn.

Kreuz war in der Eingangshalle einer grossen Kirche. Sie war menschenleer. Er öffnete eine der beiden Türen, die ihn zum Hauptteil der Kirche brachte. Das Licht der Sonne schien durch die bunten, grossen Fenstern und beleuchtete die dunklen Holzbänke. Er wusste nicht genau, wo er war - doch konnte er nicht aufhören weiter auf den Altar hin zu gehen. Seine Schritte waren laut und vermutlich in der ganzen Kirche zu hören. Hinter ihm waren ganz klar Stimmen zu hören. Es wurden immer mehr. Er schritt die Stufen zum Altar hoch. Seine Beine fühlten sich schwer an. Ganz am Ende, bei einer kleinen Orgel, sah er einen hellbraunen Sarg liegen, der mit wunderschönen Kränzen und Blumen verziert war. Kreuz wurde ungeduldig und wollte wissen, was das soll. Mit konstantem Tempo steuerte er direkt darauf zu. Er hatte keine Kontrolle mehr über seine Gehfunktion - er lief einfach.

«Albert, Albert?!», hörte er von oben. Er öffnete seine Augen. Es standen etwa zehn Polizisten um ihn herum und über ihn gebeugt war Yvonne. Geschockt schaute er jeden einzelnen an. Es schien, als müsste jemand den Schrei doch gehört haben. «Was ist nur mit dir los Albert?», fragte Yvonne und kniete sich neben ihm hin. - «Mir war schlecht und ich wollte einen Schluck Wasser trinken als ich...» Das Gespräch wurde von den beiden Rettungssanitätern unterbrochen, die das Büro betraten. Die anderen Polizisten zogen sich nun wieder in ihre Büros zurück; es interessierte sie nicht sonderlich, wie Kreuz in den Krankenwagen gebracht werden musste.

Man brachte ihn ins Kantonsspital. Im obersten Stock hatte er ein Einzelzimmer bekommen. Es war nicht ausserordentlich gross oder hübsch; allerdings rechnete man auch nicht damit, dass Kreuz lange dort bleiben musste. Ein bis zwei Tage zur Beobachtung, höchstens.

Am nächsten Tag war Kreuz völlig am Ende seiner Kräfte und wollte sich ein wenig ausruhen. Er schloss die Augen und drehte sich in Richtung des kleinen Fensters, das in Richtung Baden zeigte. Nach einer Weile kam jemand in sein Zimmer. Er drehte sich in die Richtung des Eingangs und sah, wie Raphael langsam mit einem kleinen Blumenstrauss, der bestimmt von der Krankenhausfloristin war, zu ihm hintrat. «Es wird viel über dich gesprochen.», sagte er, als er sich im Zimmer nach einer geeigneten Vase umschaute. Kreuz war ein wenig verwirrt - gab aber auch keine Antwort; sein Blick war Aussage genug. «Praktisch das ganze Präsidium weiss von deiner Pillensucht. Yvonne hat deinen Arztbericht gelesen.» Eine Weile war es still. Es schien, als hätten die beiden nicht einmal die Schwester bemerkt, die das Essen auf den

Tisch stellte. «Du wirst suspendiert, Albert. Kannst froh sein, wenn dass das einzige ist, was auf dich zukommt. Den Hofer-Fall bist du auf jeden Fall los. Um den kümmern wir uns jetzt.» Kreuz hatte kein Wort gesagt. Nicht einmal, als Raphael das Zimmer wieder verliess.

6

Um dem Freund von Jenny ein paar Fragen zu stellen, machte sich Raphael Frunz auf den Weg zum Haus der Blatters. Er las seine Schulakte durch, wobei ihm jedoch nichts auffiel. Ein Sechser-Schüler, seit er zwölf ist jährlich auf der Bestenliste der aargauischen Schulen, zahlreiche Freifächer und nebenher das hübscheste Mädchen der Schule - zumindest hatte er das.

Als Frunz vor dem Haus der Blatters anhielt, sah er, was die Blatters mit Sicherheit nicht zu Genüge hatten - Geld. Es war ein verkommenes, altes Haus mit einem sehr ungepflegten kleinen Vorgarten. Er stieg aus dem Auto aus und lief in Richtung der Eingangstüre. Sie war schon alt und das einst schöne Muster war schon vollkommen verwittert. Er drückte auf den beschädigten Klingelknopf.

Von aussen konnte man das klassische Ding-Dong hören und sogleich einen Hund, der anfing zu bellen. Sven öffnete die Tür. Er war nur etwas kleiner als Frunz. «Ja, bitte?», kam von Sven gerade so laut, dass Raphael es hören konnte. «Ich bin Raphael Frunz von der Kantonspolizei Baden. Es geht um den Mordfall Jenny Hofer. Darf ich einen Moment reinkommen?» Sven öffnete die Tür, bis sie an der Wand ankam und nahm den Hund am Halsband. Er lief dann wortlos ins Wohnzimmer. Frunz schloss die Eingangstür hinter sich und folgte Sven. «Ich hoffe, der beisst nicht», sagte er und gab ein künstliches Lachen von sich. - «Nein, unser Rambo bestimmt nicht. Aber bitte, setzen Sie sich doch.», sagte Sven zu Raphael und zeigte dabei auf das weisse, fleckige Sofa.

Raphael setzte sich - es lief ihm kalt den Rücken runter als er die Spuren von Schimmelpilz an der Decke entdeckte.

Sven setzte sich dazu und fragte, was konkret der Grund für sein Besuch sei. Frunz antwortete, dass er nun leitender Ermittler im Mordfall Jenny Hofer sei. Ein Bellen aus der Küche unterbrach das Gespräch. Sven stand auf und lief in die Küche, wo er den Schäferhund mit einem Napf Trockenfutter ruhig stellte.

Frunz begann von neuem: «Können Sie mir sagen wo sie am besagten Tag zwischen 17.00 Uhr und 18.00 Uhr waren?» Frunz zog noch während dem Fragen einen schwarzen Füller aus seiner Manteltasche und wartete geduldig auf eine Antwort. Sven schaute auf den Boden. «Ich hatte um 17.05 Schulschluss. Danach fuhr ich mit dem überfüllten Bus bis zum Bahnhof Baden, wo ich mit dem Zug bis nach Hinterwil fuhr.» Frunz notierte sich alle Informationen in sein Notizbuch. «Und wann hatten Sie das letzte Mal Kontakt mit Jenny?» Frunz schaute in Svens Richtung, doch der schaute aus dem Fenster, das zum kleinen Garten zeigte - dahinter waren gleich die Geleise. Sven gab keine Antwort. «Sven?», bohrte Raphael nach. «In der Mittagspause in der Mensa. Wir hatten Streit gehabt und wollten noch einmal darüber sprechen. Doch wir haben uns nur wieder angeschrieen.» - «Über was konkret haben Sie sich gestritten?» - «Wieso müssen Sie das wissen?!», fragte Sven mit wütendem Unterton. «Jedes Detail, das dir noch so klein erscheinen mag, kann uns weiterhelfen. Also bitte; um was haben Sie sich mit ihr gestritten?» - «Um Geld, was sonst. Jenny wollte mich immer verändern, mir neue Klamotten kaufen und sonstigen Kram, den ich nicht gebrauchen konnte. Ich wollte all diese Sachen nicht - doch sie wollte es nicht begreifen.» - «Was wollte sie nicht begreifen?», fragte Frunz. - «Dass ich nunmal keine Eltern habe, die ein Hochschulabschluss haben - die keinen überbezahlten Job haben. Ich musste ihr immer wieder weiss machen, dass ich dank einem Stipendium am Gymnasium bin. Ohne dieses könnte sich das meine Familie nicht leisten.»

Raphael schrieb alles auf und beendete die Befragung. Er stand auf und lief Sven bis zur Eingangstür nach.

Im Flur bemerkte er ein grosser, schwarzer Koffer. Es hing ein Adressschild dran, mit Svens Namen. Sven drehte es jedoch geschickt um, als er daran vorbeiging. Er drückte die Türlinke hinunter und öffnete sie. Es hatte angefangen zu regnen.

Frunz verabschiedete sich und war froh, aus diesem Loch raus zu sein. Schnell setzte er sich in den Wagen, um nicht allzu nass zu werden. Frunz steckte den Schlüssel ins Zündschloss, trat die Kupplung durch und drehte das Lenkrad. Der alte Fiat rollte langsam an. Als er schneller wurde, hielt Frunz den Atem an, liess die Kupplung los und biss sich auf die Lippe, bis der Motor zu winseln begann. Ein neuer Wagen war 6 Monate entfernt. Doch er würde es überstehen.

Er nahm sein Mobiltelefon in die Hand und rief ins Präsidium an. Andreas nahm das Gespräch entgegen. «Andreas, besorg mir so schnell wie möglich einen Haftbefehl für Sven Blatter. Ich glaube, er könnte uns abhauen.» - «Das sollte schwierig werden ohne konkrete Beweise....», gab Andreas seelenruhig zur Antwort. «Dann tu etwas; frag Yvonne! Der wird uns bestimmt abhauen! Ich bin mir ganz sicher!», schrie er ins Telefon.

Völlig entnervt ging Andreas zu Yvonne, die in ihrem Büro gerade Ordnung machte, um nach Hause zu gehen. «Yvonne! Wir brauchen einen Haftbefehl im Mordfall Hofer!» - «Weswegen?», sagte sie, als sie ein paar Akten im Schrank neben dem Tisch verstaute. «Raphael war gerade bei ihm. Er sagte, er wolle vielleicht abhauen. Und bevor das passiert, sollten wir ihn verhaften.» - «Nunja. Ich werde Raphael anrufen und ihm sagen, er solle den Jungen herbringen», sagte Yvonne mit einem hinterlistigem Lächeln im Gesicht. - «Und dann geh ich nach Hause», fügte sie hinzu. Andreas ging wieder an seinen Arbeitsplatz. Yvonne dagegen schloss die Tür ihres Büros ab und rief Raphael an. Gleich nach dem ersten Klingeln nahm er ab. «Raphael, schnapp ihn dir, bevor er uns durch die Lappen geht. Aber du hast keinen Haftbefehl! Sag nichts davon und tu einfach so, als *müsstest* du ihn verhaften. Komm dann so schnell wie möglich her mit ihm.», flüsterte sie in den Hörer. - «Ist gut Yvonne. Bin so schnell wie möglich bei euch.»

Raphael fuhr zum Haus zurück und rannte zur Türe. Er klingelte. Sven öffnete die Tür. «Sven, Sie müssen mich aufs Präsidium begleiten. Kommen Sie bitte mit.» Frunz packte Sven am Arm und zerrte ihn nach draussen. Der wollte sich losreissen, doch Frunz war stärker. Er öffnete die Hintertüre seines Wagens und warf ihn regelrecht hinein. Auf der Fahrt nach Baden ins Präsidium schrie er herum, fluchte und wollte wissen, warum er nun verhaftet wurde. Frunz jedoch gab keine Antwort.

Beim Revier nahm er Sven wieder am Arm und zog ihn hinter sich her, bis sie im Verhörraum Nummer eins waren. Frunz zeigte auf den Stuhl und sagte kalt «Hinsetzen!»

«Was soll das?! Ich hab doch nichts getan!», schrie
er und stand wieder vom Holzstuhl auf. Raphael
drückte ihn gleich wieder nach unten. Die Tür des
Verhörraums öffnete sich. Nur die Wahrheit bringt
Sie raus!», sagte Yvonne und trat ein. Anscheinend
war sie doch nicht nach Hause gegangen. Die Prio-
rität den Fall aufzulösen schien ihr mehr zu bedeu-
ten, als mit ihren Kindern zu Hause gemeinsam zu
essen. Sven sass nun aufrecht und alle hatten sich
ein wenig beruhigt. «Sagen Sie doch einfach was
Sie wissen - Herr Blatter. Es muss nicht auf diese
Art zu- und hergehen.» - «Ich weiss von nichts!
Ehrlich. Ich habe weder etwas gehört noch habe
ich etwas damit zu tun», behauptete Sven mit ruhi-
gerer Stimme. Währenddessen verschränkte er seine Arme auf dem Metalltisch und sah die beiden
Ermittler an, die an der Wand standen. Die be-
rühmte Spiegelwand aus den Hollywoodfilmen gab
es nicht. Doch Sven hatte anderes im Kopf.
«Bei wem hatten Sie die letzte Schulstunde?»,
fragte Yvonne. - «Französisch bei Herrn Slongo.»
Yvonne flüsterte Frunz etwas zu und schaute dabei
Sven an. Der hatte anscheinend nichts gehört.

Frunz verliess das Zimmerchen und liess Yvonne alleine mit Sven.

Yvonne lief im Zimmer hin und her und schliesslich, als sie an der Fensterfront war, schloss sie die Lamellen. Es drang praktisch kein Licht mehr hinein. Langsam ging sie zum Metalltisch zurück und setzte sich gegenüber von Sven. Der schaute auf seine Arme. «Wollten Sie verreisen?», fragte Yvonne nach einer Weile. - «Wie kommen Sie jetzt darauf?» - «Unser Ermittler, der bei Ihnen war, hat die gepackten Koffer gesehen, die beim Eingang standen. Unser Team hat auch herausgefunden, dass Sie von Ihrem Computer aus ein Zugticket nach Hannover gekauft haben. - Und schauen Sie mich an wenn ich mit Ihnen rede!» Mit ihrer rechten Faust schlug sie so fest sie konnte auf den Metalltisch. Sven erschrak und zuckte. - Niemand sagte etwas. Bloss ein gelegentliches «Hallo, hören Sie mich?» von Yvonne ertönte alle paar Sekunden. - «Ich sehe schon, so kommen wir nicht weiter.», sagte sie eine ganze Weile später. «Ich werde jetzt Ihre Eltern informieren, dass Sie bei uns sind - und so wie es aussieht, werden wir Sie noch eine

Weile bei uns behalten.» - Sven schaute geschockt auf und sah gerade noch, wie Yvonne die Türe hinter sich zumachte.

Nach langem Warten in selbigem Raum, kamen die Eltern von Sven herein. Sven schaute auf, ging zu ihnen hin und umarmte sie. «In was für ein Schlamassel bist du denn da geraten?», flüsterte ihm der Vater zu. «Du bist Hauptverdächtiger im Mordfall von Jenny!», sagte die Mutter mit Tränen in den Augen.

Yvonne kam nun wieder dazu und klärte die Beiden über den Sachverhalt auf. Sie sagte es kalt und herzlos. Die Mutter begann erneut zu weinen.

Nach zwei Stunden Gespräch mit den Blatters war Yvonne so müde, dass sie nur noch nach Hause wollte. Sie veranlasste, Sven über Nacht in der Arrestzelle zu behalten. Ein schwerer Schlag für die Eltern. Sie gingen deshalb, Hand in Hand und lautlos, aus dem Zimmer. Vermutlich liefen sie so bis ganz nach Hause.

7

Es war ungewöhnlich warm in den kommenden Wochen. Kreuz fuhr mit seinem Wagen in Richtung Präsidium und hoffte mit geöffneten Fenstern der Schwüle zu entwischen. Trotzdem kam er völlig verschwitzt an. Das erste Mal seit der Behandlung im Krankenhaus war er wieder draussen. Er öffnete die grosse Holztüre und trat ein. Gerade lief eine Gruppe junger Polizisten an ihm vorbei, die von Yvonne eingeführt wurden - sie traute ihren Augen nicht. «Du bist hier nicht mehr erwünscht Albert!», flüsterte sie ihm zu, jedoch gerade so laut, dass es die ganze Gruppe noch hören konnte. «Zumindest bis du wieder vollkommen Gesund bist und... dein Problem im Griff hast.» - Kreuz schaute sie an, sagte jedoch nichts. Nach einer kurzen Bedenkzeit schaute er kurz zu Boden, lief aber dann trotzdem zur Treppe, die zu seinem Büro im ersten Stock führte. Alle schauten ihn an - Albert fühlte sich nicht wohl. In seinem Büro angekommen, schaute er auf sein Tisch, der vollkommen leer geräumt war. «Die werden mir die Arbeit abgenommen haben...», dachte er und schaute aus dem Fenster.

Nach Minuten des nachdenklichen Schweigens, drehte er sich um und setzte sich auf seinen Bürosessel. Vor ein paar Wochen war er hier bewusstlos geworden. Das ganze Präsidium hat es mitbekommen - nichts wird mehr so sein wie früher. «Aber es soll weitergehen!», sagte er energisch vor sich hin.

Mit diesem Gedanken, fest entschlossen, ging er zu seinen Kollegen und wollte sich über den Stand der Dinge informieren; doch seine Kollegen waren nicht mehr seine Kollegen. «Hey Frunz!», rief er ihm zu, der sich jedoch abwendete und in seinem Büro verschwand. Schlimmer konnte es nun wirklich nicht mehr werden.

Er fuhr auf der verstopften Autobahn nach Hause. Doch dort erwartete ihn nichts Gutes. Nachdem er sein Haus betrat, war etwas anders; doch er merkte es nicht. Er lief durchs Esszimmer in die Küche. Auf dem Tresen war ein Stück Papier: «Albert, wir können so nicht mehr. Es tut uns weh dich so sehen zu müssen... Ich bin mit Lisa zu meinen Eltern gefahren, bis du dich wieder im Griff hast. Nutz die Zeit! Ich liebe dich.» Kreuz wurde wütend. Heftig schlug er mit seiner Hand auf die Herdplatte, zerknüllte und zerriss die Nachricht seiner Frau und warf es in eine Ecke. Er begann zu schluchzen und sackte zusammen, bis er auf dem Boden sass. Er hielt sich die Hände vors Gesicht. Mit einem Griff in die Manteltasche zog er die Pillen raus und warf sie ins unweit entfernte Esszimmer. «Und das alles wegen dieser Pillen.»

Kreuz gestand sich nun endlich ein, dass er ein Problem hatte - ein schweres Suchtproblem. Doch dachte er nicht einen Augenblick daran, wie er sich davon lösen konnte. Nur sein Fall hatte er im Kopf.

8

Nach einigen qualvollen Tagen, traute sich Kreuz wieder vor die Tür. Er sah ungepflegt aus - mit zerzaustem Haar, unrasiert und Augenringen, die die schlaflosen Nächte zeigten.

Mit seinem alten Fiat fuhr er in die Stadt Baden, wo er die Weite Gasse entlang lief um nachzudenken. Fragen um Fragen schwirrten ihm durch den Kopf «Wie soll es jetzt bloss weitergehen? - Mit meiner Tochter, meiner Frau, meiner Arbeit?» Die Antworten darauf fand er nicht.
Den Tränen nahe lief er an der Bushaltestelle „Weite Gasse" vorbei, an der gerade zahlreiche Schüler standen. - Es war 13.20 Uhr. «Das müssen die Schüler des Gymnasium sein», dachte er und entschloss sich im nächsten Bus mitzufahren. Nach nur einer Station stieg er aus dem rappelvollen Bus wieder aus und lief der Menschenmenge nach. Er lief ins Geografiegebäude, in dem ihm vor geraumer Zeit die verdächtige Person entkommen ist. Alle Schüler waren schnell in ihren Klassenzim-

mern verschwunden - die Lektion wurden mit dem üblichen Dreiklang angefangen.

Kreuz hatte im beinahe nun leeren Gebäude Zeit sich umzusehen. Er beschloss ins Sekretariat zu gehen und sich um den Stand der Dinge zu erkundigen. «Vielleicht wissen sie ja nicht, dass ich nicht mehr am Fall beteiligt bin...», dachte er und lief wieder nach draussen.

«Guten Tag, wie kann ich Ihnen helfen?», fragte die Sekretariatsdame höflich, als Kreuz die dicke, graue Türe des Büros öffnete. «Tag auch, mein Name ist... », - er hielt kurz inne - «Raphael Frunz, von der Kantonspolizei Aargau. Es geht um Jenny Hofer.» – Höflich fragte sie Kreuz, wie sie ihm helfen könne. Doch gerade als Kreuz fragen wollte, ob es schon Reaktionen von Schülern oder Lehrpersonen gab, lief Raphael Frunz, und seine ehemaligen Kollegen vom Präsidium, am Fenster vorbei. Kreuz brach das Gespräch mit der Sekretärin ab und ging mit rasendem Herzklopfen, auf der anderen Seite des Gebäudes, wieder raus.

Schnell lief er im Nieselregen zur Bushaltestelle, die gerade von einem gelben Postauto bedient wurde. Er stieg ein, bezahlte eine Fahrkarte und setzte sich neben eine ältere Dame. «Ich muss mir irgendwie die aktuellen Informationen beschaffen», dachte er und wischte sich die feuchten Haare zur Seite.

Im Parkhaus in Baden stieg er, mit einer Idee im Kopf, in seinen Fiat ein und fuhr in Richtung Präsidium los. Dort angekommen, sah er schon worauf er gehofft hatte - draussen vor der Türe drehte die Lehrlingstochter der Informatikabteilung ihre Zigarettenrunden. Geschickt parkte er sein Auto in der naheliegenden Querstrasse und schlich sich ans Gebäude ran. «Wenn sie das nächste mal an mir vorbeiläuft, werde ich sie ansprechen.», ging er in seinem Kopf durch.

«Pssst… - Pssst!…», gab Kreuz von sich. Er würde ihren Namen rufen, wenn er ihn nicht vergessen hätte. «Du, komm schnell her.» Die Lehrlingstochter, Jana, drehte sich um und lief mit ihrem roten Schirm zu Kreuz, der sich dicht an die Wand gedrückt hatte. «Ah, Herr Kreuz. Wie geht es Ihnen? Hab Sie schon lange nicht mehr gesehen. Waren Sie im Urlaub?» - Urlaub konnte man es nicht nennen - immerhin war es für Kreuz eine der schmerzvollsten Erfahrungen seines Lebens. «Nein, leider nicht. Ich wurde suspendiert!» Auf die Reaktion der 18-jährigen abwartend, hoffte er immer noch auf ihre Kooperation und hielt noch immer an seinem Plan fest. - Nicht sonderlich überrascht gab Sie Kreuz das Zeichen weiterzusprechen. «Ich will aber trotzdem an die Daten des Hofer-Falls rankommen!», - in Eile rannten zwei Polizisten an den beiden vorbei - «Kannst du da was machen?» Jana war nicht sehr begeistert von der Idee ihre Ausbildung für ein paar Dokumente zu riskieren; wusste jedoch das Kreuz ein guter Mensch war und er nie in der Lage wäre irgendwas schlimmes zu tun. Er tat ihr auch ein wenig leid, wie er im Regen stand und völlig verzweifelt wirkte. «Ich kann es probieren», antwortete sie, «werde aber schon beim geringsten Verdacht Ihren Namen erwähnen um mich, sei es nur ein bisschen, aus der Schussbahn zu bringen.» - dies gefiel Kreuz ganz und gar nicht, hatte aber auch keine andere Wahl,

wenn er alles irgendwie wieder geradebiegen wollte. «Ja ja, ist gut. - Lade mir jede einzelne Datei, in
der der Name Jenny Hofer auch nur erwähnt wird,
vom System auf diese CD.» Kreuz händigte ihr
eine blaue CD-Hülle. «Bitte, es ist wichtig! Treffen
wir uns um Punkt sechs Uhr bei den Bankomaten
neben dem Café Krone beim Bahnhof.» Er drehte
der nun etwas verängstigten Lehrtochter den Rücken zu und machte sich bereits jetzt auf den Weg
zum Café Krone. Dort bestellte er einen Kaffe und
setzte sich an die Theke, von wo aus er direkte
Sicht auf die Bankomaten hatte.

Die Zeit verging wie im Flug und kaum hatte er
den vierten Kaffe getrunken, sah er Jana, wie sie
auf einem schwarzen Fahrrad vor der Bank anhielt.
Sichtlich erleichtert, ging er zu ihr. Ohne Worte,
doch mit einem scharfen Blick, händigte sie ihm
die CD aus und fuhr anschliessend, aus der Richtung aus der sie gekommen war, wieder weg. «Sie
muss nun über alles bescheid wissen…», sagte er,
während er die CD wegsteckte, vor sich hin. «Was
mach ich mir vor - jeder weiss es.»

9

In Alberts Haus sah es schrecklich aus. Seit seine Familie ihn verlassen hatte, wurde weder aufgeräumt noch geputzt. Ausser in seinem Büro; hier war das Zimmer vom Chaos des restlichen Hauses verschont geblieben. Dort hielt er sich die meiste Zeit auf.

Er sass an einem dunkelbraunen, schon fast roten, Tisch. Sein Gesicht wurde vom Bildschirm des Computers hell erleuchtet. Lange durchforstete er die Dokumente des Hofer-Falls. Seine Kollegen hatten in der Zwischenzeit keine grossen Fortschritte gemacht. Kreuz glaubte, sie werden die Ermittlungen bald einstellen und den Fall in Vergessenheit geraten lassen.

Draussen war es laut. Am letzten warmen Abend des Jahres feierten seine Nachbaren ein kleines Grillfest. Sie veranstalteten einen riesigen Lärm. Sie haben Kreuz anstandshalber eingeladen, gingen jedoch davon aus, dass er sich sowieso nicht blicken lässt. Als eine Weitere halbe Stunde ohne etwas Ruhe verging, stiess Albert auf ein Dokument, dass mit «weiterem Vorgehen» beschriftet war. In der geöffneten Tabelle standen alle Namen seiner ehemaligen Kollegen und deren Aufgaben. Albert konnte nun genau sehen, wer was zu welchem Zeitpunkt an welchem Ort gemacht hat – und machen würde. Gleich fiel ihm auf, dass Raphael Frunz an diesem Tag, an dem er Kreuz aus dem Sekretariat verscheucht hatte, die Lehrer der Fachschaft Germanistik und Mathematik befragt hatte. Jedoch konnten sie noch keine relevanten Aussagen finden. Eine Spalte weiter unten sah er, dass Raphael Frunz in ein paar Stunden die Lehrer der Fachschaft Romanistik befragen würde. Kreuz schrieb sich die Namen der Lehrer auf einen Notizzettel, schnappte sich seinen Mantel und machte sich auf den Weg zur Schule - diesmal wollte er den Anderen zuvorkommen.

In der Schule angekommen, musste er sich zu erst einmal wieder zu recht finden. Er hatte keine Ahnung, wo sich das Lehrerzimmer der Fachschaft Romanistik befand. Nach einiger Zeit gab er die Suche auf und fragte eine grauhaarige, ältere Lehrerin. Sie beschrieb ihm genau den Weg und zeigte dabei auf das dunkle Gebäude, das man von ihrem Standort aus gut sehen konnte. Er lief die paar Stufen runter, als gerade der Dreiklang ertönte. Nur Sekunden später wurde aus dem beinahe totenstillen Schulhaus ein lärmiger und unangenehmer Ort. Kreuz griff sich in die Manteltasche und umklammerte die letzte übrig gebliebene Pille. Innerhalb weniger Sekunden war sie in seinem Mund. Noch in diesem Augenblick bereute er es und verzog sein Gesicht.

Im Lehrerzimmer der Romanisten, wartete er zuerst bis alle Lehrer wieder an ihrem Platz waren. Er griff nach seinem Zettelchen mit den Namen der Lehrer und fragte gleich die Frau, die neben ihm stand. «Zimmer 6300!», sagte sie nur und verwies Kreuz anschliessend aus dem Lehrerzimmer. Die Türen einzelner Klassenzimmer waren offen während der Stunde - so auch die Türe von Herrn Slongo von Zimmer 6300. «Bitte Lara, lesen Sie Text Nummer fünf und setzen Sie gleich die richtigen Verbformen ein!», befahl der Lehrer Slongo mit einem französischen Akzent. Kreuz klopfte an die Türe, was für hastige Blicke zu ihm führte.

«Dürfte ich Sie kurz sprechen, Herr Slongo?» - «Wer sind Sie? - Sehen Sie nicht das ich am unterrichten bin?», haspelte er. «Ich bin von der Kantonspolizei Baden. Es geht um Jenny Hofer.» - der Lehrer verteilte der Klasse noch ein Aufgabenblatt, dass die Klasse während seiner Abwesenheit zu lösen hatten und folgte schliesslich Kreuz nach draussen. «Herr Slongo, was können Sie mir über Jenny Hofer sagen? Ist Ihnen irgendetwas an ihrem Verhalten aufgefallen?» Herr Slongo wendete ab und schaute an Kreuz vorbei. «Sie war eine unauffällige Schülerin», begann er, «und aufgefallen ist mir an diesem Tag nichts.» Ohne sich zu verabschieden ging Slongo wieder zur Klasse, die etwas lauter wurde. Kreuz überlegte sich, noch auf Lisa zu warten und erhoffte sich ein Gespräch mit ihr. Er setzte sich an einen Gruppentisch, unweit vom Zimmer von Slongo hin. Kreuz beobachtete Slongo.

Nach 30 Minuten warten auf den Dreiklang, begann die Wirkung der Pille. Kreuz fühlte sich nicht gut. Eigentlich hätte er sich auf den Weg machen sollen, da bald Raphael und seine Entourage aufkreuzen würden, doch da beobachtete Kreuz eine interessante Begebenheit zwischen einer Schülerin und Slongo. «Darf ich heute mit Ihrer Anwesenheit rechnen?», fragte Slongo die Brünette. «Ja bestimmt. Ich könnte wirklich ein wenig Nachhilfe vertragen!».

Kreuz fand dies sehr merkwürdig. Er lief die Seitentreppe des Nebengebäudes hinunter, als er bekannte Stimmen hörte. «… und frage ihn nicht nur unwichtiges Zeug, hast du gehört? Komm lieber gleich zur Sache.» Es war eindeutig Raphaels Stimme, die immer näher kam. Kreuz drehte sich um und lief im ersten Stockwerk in Richtung der Klassenzimmer und lehnte sich an eine Glastür. Er drehte sich um und schaute durch die Türe, als er seine Tochter sah, wie sie mit ihren Freundinnen tratschte. Er stand da und schaute sie an. Nach einiger Zeit bemerkte sie ihn, schüttelte ihren Kopf und folgte ihren Freundinnen zurück ins Klassenzimmer.

10

Wieder zu Hause in der Unordnung angekommen, dachte er darüber nach, was er als nächstes Unternehmen könnte. Hastig klickte er sich durch das «Weitere Vorgehen» - Dokument. Als nächstes werden sie zu den Eltern von Jenny gehen, um ihnen einen Zwischenbericht zu geben. - «Wahrscheinlich wollen sie den beiden Hofers die Einstellung des Ermittlungsverfahrens nahe legen...», murmelte er vor sich hin. – Doch Kreuz würde weiter machen - er würde nicht ruhen, bis er den Mörder von Jenny geschnappt hat und ihn der Öffentlichkeit präsentiert hat. Seine Familie und seine Ehe hingen an einem seidenen Faden, der jeden Moment zu reissen drohte.

11

Es war Abend an einem der folgenden Tage. Kreuz fuhr mit seinem Auto im Nachbardorf von Baden rum, mit dem Ziel, das Haus von Herrn Slongo zu finden. Nach einigen Irrfahrten und zahlreichen Kehrtwendungen, hat er es schliesslich gefunden. Er wohnte in einer Doppelhaushälfte. Das ganze Haus war weiss und sofern man es aus der Dunkelheit beurteilen konnte, waren die Türen und Fensterläden rot. Kreuz stieg ein paar Meter vom Haus entfernt aus und lief mit einer Zigarette im Mund zum besagten Haus. Es war schwer etwas in der Dunkelheit zu erkennen. Er lief so langsam er konnte und versuchte so gut es ging etwas aus dem Inneren des Hauses zu erkennen. Es war ausserordentlich still - in der Nähe musste ein Wald sein. Unauffällig sass er auf dem Bänkchen der Bushaltestelle, die sich gegenüber vom Haus von Slongo befand. Er wusste, hier würde heute die Schülerin von Slongo „Privatunterricht" bekommen.

Ein Geräusch aus der Richtung des Hauses, unterbrach die Stille. Die Tür öffnete sich ein wenig - das junge Mädchen kam raus. Schliesslich knallte die Tür wieder zu. Langsam torkelte sie im Vorgarten umher und begann leise zu wimmern. Von dieser unerwarteten Situation erschrocken, stand Kreuz auf und rannte zu diesem Mädchen hin. Er legte seinen Arm um ihre Schulter, sagte er sei von der Kantonspolizei Baden und hielt sie fest. Sie begann lauter zu weinen; Kreuz lief langsam mit ihr in Begleitung zu seinem Wagen, wo er sie auf den Beifahrersitz setzte. Er rannte um den Wagen rum und setzte sich schliesslich auf den Fahrersitz. Sie fuhren los, während Kreuz begann mit ihr zu reden - zuerst beruhigende Worte, doch dann begann er nachzuhaken: «Auch wenn es dir schwer fällt, du musst mir erzählen was da drinnen los war!» - «Ich ... wollte doch bloss bei ihm Nachhilfeunterricht nehmen», stotterte sie vor sich hin. «Dann hat er angefangen…» - Kreuz gefiel ganz und gar nicht was er hörte. Er befürchtete, dass seine Tochter auch bei diesem Lehrer Französisch hat. Kreuz legte seine Hand auf ihre Schulter und tröstete sie so gut es ging. - «Wie hat Slongo denn reagiert als du nicht wolltest? Ist er jetzt wütend auf dich?» - «Nein, er war nicht wütend. Ich habe nur angst, er könnte es wieder versuchen!» Sie begann wieder zu weinen und schaute aus dem Fenster «aber wieso wollen Sie das wissen?», fragte sie schlussendlich. - «Nun ja - Ich gehe davon aus, dass er sich auch an Jenny vergangen hat. Und, falls du dich dazu in der Lage fühlst, würde ich ihn gerne mit deiner Hilfe festnageln!» Kreuz hielt den Wagen vor der Einfahrt des Hauses, in dem das Mädchen wohnte, an. «Ich - ich kann nicht...», sagte sie leise und stieg aus. Sie blieb noch eine Weile vor dem Haus stehen und ging dann rein.

12

Kreuz zerbrach sich fortwährend den Kopf über das Geschehnis am letzten Abend. Er hatte keine Beweise, die Slongo für den Tod von Jenny Hofer verantwortlich machten. Auch dachte er an das Mädchen, wie aufgelöst es war, wie still. Doch ohne ihre Hilfe hätte er Slongo nicht einmal wegen sexueller Belästigung dran kriegen können. Wem würde ihm schon glauben - einem Pillensüchtigen Wrack.

13

Für das Mädchen ging der nächste Morgen vorbei, als wäre nichts passiert. Doch sie war anders; sie war zurückgezogener und stiller als sonst. Einzig in die Französischstunde ging sie nicht - sie sagte sie müsse zum Zahnarzt.

Auf dem Nachhauseweg dachte sie über den Polizisten nach, der sie gestern Abend nach Hause fuhr. Sie konnte sich nicht einmal an seinen Namen erinnern. Sie überlegte, ob Slongo schon mehrmals Schüler zu sich nach Hause eingeladen hat. Ebenfalls fragte sie sich, ob Slongo zu so etwas fähig wäre. Vielleicht wollte Jenny reden. Vielleicht wollte sie aus seinem Bann ausbrechen.

Bei diesem Gedanken wurde ihr übel. Sie schwebte in Gefahr, wenn Slongo dachte sie würde es ausplaudern. - Dabei hatte sie es noch niemandem erzählt.

14

Es war nun der letzte Tag der Woche und Kreuz wollte das Mädchen noch einmal sprechen. Dazu fuhr er ins Gymnasium und suchte sie auf dem Schulhof.

«Geht es dir etwas besser?», fragte er aus weiter Entfernung. - Das Mädchen nickte nur. «Ich bin wütend; wütend auf mich und auf ihn. Wie konnte ich nur so dumm sein. Ich hätte es sehen müssen!» - «Was hatten Sie gesagt von Slongo festnageln - haben Sie einen konkreten Plan? Ich will es diesem Unmensch heimzahlen!» - Obwohl es Kreuz sehr gefiel, dass sie diese Einstellung entwickelte, tat er so, als ob er besorgt wäre; erzählte ihr jedoch nach einigen Floskeln den Plan und wollte wissen, ob sie dabei war. - Und gewiss, das war sie.

15

Kreuz fuhr wieder nach Hause und bereitete alles für die Entlarvung von Slongo vor. Um 18.00 Uhr war er wieder im Gymnasium. Diesmal war es wieder menschenleer und nur schlecht beleuchtet. Doch aus einem Zimmer kam noch Licht und es waren eindeutig Geräusche zu hören. Dort drinnen war er - Slongo.

Kreuz traf das Mädchen unweit von Slongo's Schulzimmer und sagte nochmals, dass er sie keineswegs dazu zwang. - Sie atmete tief ein, schloss die Augen für einen Moment und betrat schliesslich das Schulzimmer. Kreuz, dicht an der Tür lauschend, konnte jedes einzelne Wort hören. Er hatte auch dafür gesorgt, dass in der Schultasche des Mädchens ein Aufnahmegerät war. - Diesmal würde er ihn schnappen.

«Ah Bonjour mon amie! Welch Überraschung dich hier zu sehen.» - sagte die tiefe Männerstimme. «Es tut mir leid, dass ich einfach so verschwunden. Ich bin nur erschrocken.» - «Ah, meine Schöne, das macht gar nichts. Dafür bist du ja jetzt hier.» Kreuz konnte Schritte im Inneren hören; einer musste hin und her laufen.

Das Mädchen ekelte sich in der Gegenwart von Slongo zu sein, doch sie hielt es durch und spielte ihre Rolle perfekt. «Nein, ich bin gekommen um Ihnen zu sagen, dass ich es erzählen werde. - Ich weiss dass Sie es waren mit Jenny. Sie hat es mir erzählt…» - sie bluffte. «Ich glaube du weisst nicht wovon du sprichst! Sag solche Sachen nie mehr! - Ich geh aber lieber auf Nummer sicher... Mal sehen wo dein Blut hin spritzt!», schrie er und rannte wutentbrannt auf sie zu. In diesem Moment jedoch, stürmte Kreuz das Klassenzimmer und rempelte Slongo an, der vom heftigen Schlag zu Boden fiel. «Ruf die Polizei, schnell!», schrie er das Mädchen an und warf ihr sein Mobiltelefon zu. Kreuz beugte sich über Slongo, der noch immer am Boden lag. «Du bist schuld daran, dass meine Familie mich verlassen hat!» - mit einem kräftigen Schlag mitten ins Gesicht schlug er Slongo bewusstlos. Es folgten noch einer und noch einer. Kreuz schrie mit Tränen in den Augen.

16

Durch   Beweismittel, wie DNS-Vergleichen und
der Tonaufnahme des Gerangels im Klassenzimmer mit Kreuz, konnte Slongo verhaftet werden.
Die Verhandlung sollte schon bald stattfinden.

Natürlich wussten Yvonne und beinahe das ganze
Präsidium vom Vorgehen von Kreuz. Und sie hies-
sen es nicht gut. So froh sie darüber waren, dass
der Fall gelöst war, musste Yvonne Kreuz nach
langem hin und her ganz vom Polizeiberuf entlas-
sen. Kreuz jedoch war nicht bestürzt darüber - er
hatte seine Familie wieder, um die er sich kümmerte. Und diese war gewiss stolz auf den, der den
Mörder von Jenny Hofer ins Gefängnis brachte.
Kreuz zog sich zurück und war nur noch selten in
der Öffentlichkeit zu sehen.

Das Mädchen konnte nun alles sagen, was sie bei
Slongo erleben musste. Doch die Schule wechselte
sie trotzdem nicht. - Albert Kreuz hatte ihr Leben
nicht nur gerettet, er hat auch dafür gesorgt, dass

sie nach der Verhaftung wieder auf die Richtige Bahn gerät.

17

Es war ein sonniger Tag im Frühling des darauffolgenden Jahres. Im Wartezimmer des Bezirksgerichts war kaum noch ein Platz zu finden. Beinahe die gesamte Gemeinde war anwesend, das Medieninteresse war ebenfalls gross. Nachdem der Richter den Saal betreten hatte, wurde es ruhig. «Heute verhandeln wir den Mordfall der vor 5 Monaten ermordeten Jenny Hofer», der Richter hielt kurz inne, als sich die grosse, schwarze Türe des Gerichtssaals mit einem Knacksen öffnete. Albert Kreuz trat ein – nun waren allesamt da.

«Das zu frühe Ende der Emily Mayers»

Emily war gerade erst 6 Jahre alt geworden. Ein Kind war sie - doch fröhlich keineswegs. Schläge, bittere Einsamkeit und Hänseleien noch obendrein. Bis hin zu jenem Tag, an dem dies alles endete.

Gehen Sie den grauenvollen und herzzerreissenden Weg von Emily, und sehen Sie, wie es hunderttausenden von misshandelten Kindern auf dieser Welt ergeht.

«Das zu frühe Ende der Emily Mayers» von Erwin Dütsch; Roman - Taschenbuch.

Erscheint im Juni / Juli 2011

ISBN: 3-842-33611-7

14.90 €

«Something beyond - Eine Einführung in die Parapsychologie»

Fliegen Sie über den Grand-Canon, essen Sie mit ihrem grössten Schwarm im Mondlicht ein Picknick und sehen Sie die Erde vom All aus - wenn nicht in der Realität, dann aber ist dies bestimmt in Träumen möglich.

«Something beyond» gibt Ihnen einen Einblick in die verschiedenen Arten vom Träumen und zeigt Ihnen die aussergewöhnlichen, unbekannten Fähigkeiten der mentalen Stärke. Studieren Sie eigens von mir durchgeführte Experimente und deren erstaunlichen Ergebnisse. Lernen Sie anhand der Technik des luziden Träumens, sich frei in ihren Träumen bewegen zu können; verstehen Sie ihren Traum besser, durch Formeln, die die Zusammensetzung einfach erklären und erkennen Sie, dass das, was wir bereits können, nicht unserem vollen Potenzial entspricht.

«Something Beyond - Eine Einführung in die Parapsychologie» von Erwin Dütsch; Sachbuch - Taschenbuch.

Erscheint im Dezember 2011

ISBN: 3-842-34526-3

16.90 €

Bleiben Sie auf dem Laufenden!

www.erwinduetsch.com